AF275279

UNA CARTA

los **INTE
MPEST
IVOS**

HUGO VON HOFMANNSTHAL

Una carta

Traducción de Ascensión Cuesta

seguido de

Mi querido y admirado Lord Chandos
Un texto estético
(Juan Ramón Martín)

EDITORIAL
FUNAMBULISTA

Primera edición: mayo de 2024

Título original: *Ein Brief* (1902)

© de la traducción: Ascensión Cuesta, 2024

Mi querido y admirado Lord Chandos. Un texto estético,
© Juan Ramón Martín, 2024

© de esta edición: Editorial Funambulista, 2024
c/ Flamenco, 26 - 28231 Las Rozas (Madrid)
www.funambulista.net

BIC: FC

ISBN: 978-84-128530-0-1
Depósito legal: M-10524-2024

Maquetación de interiores y cubierta: Gian Luca Luisi

Motivo de la cubierta: *Hombre escribiendo una carta,*
Gabriël Metsu (1836)

Producción gráfica: Safekat

Impreso en España

Una carta

A María, Natalia, Teresa y Verónica

Preludio: un largo hilo

Literatura, música, danza, escultura y pintura, y también arquitectura y otras artes, fluyen en esta carta con una voz angustiada de renuncia. La historia, la interrogación y la declaración conmovedora que nos plantea Hugo von Hofmannsthal en *Una carta* sobrevuelan todos los días las mentes de los autores, de los creadores. Es un planteamiento y una pregunta que no es ajena a artistas de toda índole. ¿Debo seguir la línea de quienes nos precedieron aportando nuevas obras, nuevos pensamientos, nuevas y titubeantes expresiones artísticas que completen el mundo, o debo parar definitivamente, y dedicar mis días y mis fuerzas a la contemplación de cuanto me rodea? ¿Qué es lo que tengo yo que decir que pueda interesar o conmover a otras personas? ¿Será suficiente mi técnica y mi inteligencia para crear algo que resulte realmente nuevo, importante y no dicho antes por otros? ¿Valdría más parar definitivamente? Nuestro amigo Philipp plantea una excluyente duda que viaja entre el hacer y el no hacer. Parece que nuestro autor definitivamente propone el abandono de la creación artística por falta de inspiración, por fatiga, o simplemente por imposibilidad. Escribe este texto en 1902 en una Europa que se aproxima a un conflicto inimaginable y que debe latir, aunque de un modo borroso, sobre mentes brillantes de la época como la de nuestro escritor.

Casi 80 años después de ser escrito recuerdo cómo, siendo estudiante en la Escuela de Arquitectura de Madrid, los profesores de Estética y Composición nos invitaron a leer este breve y encendido discurso en una traducción del profesor José Quetglas. Aquel texto, que debí entender con claridad en su día y que se fue diluyendo con el paso de los años, me debió de producir una gran impresión, pues el eco de su contenido ha latido en mí suavemente a lo largo del tiempo. Muchas de sus palabras me han acompañado a lo largo de los años: «Una regadera a medio llenar, abandonada...»; «Siguiendo la estela de lo maravilloso...»; «Craso y la morena...». Han sido conformadoras de mi visión estética como creador frente al mundo de la arquitectura y de la escultura.

Tuvieron que pasar 30 años más para que apareciera en 2008 una nueva edición, en este caso de la editorial Pre-textos, *Una carta (De Lord Philipp Chandos a Sir Francis Bacon),* traducida por José Muñoz Millanes, prologada por Claudio Magris y seguida por seis respuestas que la editorial encarga a sendos autores que navegan entre la filología, la historia y la creación literaria, y un ensayo de Juan Navarro Baldeweg, también profesor de la Escuela de Arquitectura de Madrid. Compré entonces el libro y lo leí con mucha atención. Lo leí, lo subrayé, tomé notas, memoricé partes y lo hice mío. Ha sido uno de los libros más importantes para mí y que han conformado parte de mi pensamiento, no solamente estético, sino también intelectual.

Pensé entonces responder a nuestro querido Philipp, pero la empresa daba vértigo, habida cuenta de la alta talla intelectual de quienes respondieron a la carta antes que yo.

Fue en 2018 cuando comencé a leer la obra de Pascal Quignard. Una nueva voz, en este caso venida de Francia, vino a nutrir mis lecturas durante los años siguientes. Textos llenos de verdad, de creación y de frescura, textos en ocasiones duros y ásperos, pero enormemente enriquecedores. En 2022 aparece en las librerías una nueva referencia en este largo hilo: el texto *La respuesta a Lord Chandos,* obra de Quignard, en traducción de Esther Quirós. El relato estaba precedido de dos brevísimos textos musicales, que daban sentido a la obra y la complementaban. Se lo di a leer a mi hija Natalia y fue ella la que me animó, definitivamente, a escribir el texto en respuesta a Chandos que presento en las páginas siguientes. Es esta una aportación personal de carácter estético y de posición frente al mundo, una respuesta dedicada especialmente a los jóvenes que dirigen su mirada hacia las artes en su más amplio espectro. Espero de corazón que sirva y que sea fuente de placer e inspiración para quienes, con curiosidad intelectual, se enfrenten al hecho de la creación artística.

Entre irse y quedarse duda el día,
enamorado de su transparencia.
Octavio Paz

UNA CARTA

HUGO VON HOFMANNSTHAL

Esta es la carta que Lord Philipp Chandos, hijo menor del conde de Bath, le escribió a su amigo Francis Bacon, que sería luego Lord Verulam y vizconde de Saint Alban, con el propósito de disculparse por su decisión de renunciar a cualquier actividad literaria.

Es muy loable por su parte, mi muy apreciado amigo, no tenerme en cuenta mis dos años de silencio y disponerse a escribirme como lo ha hecho. Y es aún más loable expresar la preocupación que le causo y la sorpresa que le provoca el entumecimiento intelectual que, según cree, se está apoderando de mí, con esa encantadora finura que solo saben usar con maestría los grandes hombres; esos que, a pesar de conocer las dificultades de la vida, no se dejan nunca vencer por el desaliento.

Concluye con el aforismo de Hipócrates: *Qui gravi morbo correpti dolores non sentiunt, iis men aegrotat* (los que sufren una grave enfermedad y no sienten dolores están mentalmente enfermos), y cree que necesito recurrir a la medicina, no solo para curar mi dolencia, sino para percibir con mayor agudeza mi estado interior. Me gustaría contestarle como se merece, quisiera abrirme a usted por completo, pero no sé cómo he de hacerlo. Ni siquiera sé si soy la misma persona que aquella a la que dirige su inestimable carta; ¿soy yo acaso ahora, con mis veintiséis años, el mismo que con diecinueve escribió aquel *Nuevo París*, aquel *Sueño de Daphne*, aquel *Epitalamio,* aquellas pastorales que zozobraban al sostener la pompa de sus palabras y que solo tienen a bien recordar aún cierta reina sublime y algunos lores y señores de extremada indulgencia? ¿Vuelvo acaso a ser de nuevo aquel que, con veintitrés años, bajo las arcadas de piedra de la plaza mayor de Venecia, encontró en su mente aquella estructura de periodos latinos cuyo esbozo y arquitectura intelectuales le arrebataban el alma con más ímpetu que los edificios construidos por Palladio y Sansovino que emergen del mar? Y, si soy el mismo, ¿cómo he podido borrar de forma tan rotunda de lo más insondable de mi interior cualquier huella o cicatriz que dejó aquella elucubración de mi pensamiento agudísimo en aquel momento, hasta el punto de que en su carta, que tengo ante mí, el título de aquel pequeño tratado solo me sugiere una imagen extraña y fría que ni siquiera llego a comprender de forma inmediata como una figura corriente compuesta de varias palabras, sino que he de estudiar palabra por palabra, como si fuera la primera vez que veo juntos así esos vocablos latinos? Sin embargo, sí que soy yo, y estas preguntas son pura retórica, una retórica al uso para mujeres o para la Cámara de los Comunes, cuyos poderes, tan sobrevalorados en nuestra época, no bastan, sin embargo, para llegar al fondo de las cosas. Mas es mi yo profundo el que he de exponerle, una rareza, un dislate, digamos incluso, si quiere, una enfermedad de mi mente, para que comprenda el insalvable abismo que me separa tanto de las obras literarias a las que supuestamente estoy destinado como de aquellas que he dejado tras de mí, y que me hablan en una lengua que me es tan ajena que dudo en considerarla mía.

No sé si debo admirar más el carácter perseverante de su benevolencia o la increíble agudeza de su memoria al recordarme los diferentes pequeños planes que concebía con entusiasmo durante aquellos días que pasamos juntos. ¡Es cierto, quería narrar los primeros años del reinado de nuestro difunto y glorioso soberano Enrique VIII! Las notas que dejó mi abuelo, el duque de Exeter, sobre las negociaciones que había mantenido con Francia y Portugal, me servían en cierto modo de punto de partida. Y durante aquellos días felices y repletos de vida, la lectura de Salustio, de la que me nutría constantemente, fue lo que me hizo tomar conciencia de la forma, esa forma profunda, auténtica, interior, que solo puede presentirse tras superar la barrera de los artificios retóricos, y de la que no se podría afirmar que ordena la materia, pues la impregna, la eleva aboliéndola, y crea con un mismo impulso poesía y verdad, un juego entre eternas fuerzas contrarias, algo magnífico como la música y el álgebra. Ese era mi proyecto más estimado.

¡Quién es el hombre para concebir semejantes proyectos!

Barajaba asimismo otros, que también evoca en su más que amable carta. Henchidos, cada uno de ellos, con gotas de mi sangre, revolotean ante mí cual tristes moscardones ante un muro sombrío sin la luz radiante del sol de los días felices.

Deseaba descifrar las fábulas y los relatos míticos que nos dejaron los antiguos clásicos y con los que, ingenuamente, pintores y escultores se han deleitado hasta el infinito, cual jeroglíficos de una sabiduría secreta e inagotable cuyo aliento me pareció a veces sentir como exhalado desde detrás de un velo.

Recuerdo ese proyecto. Partía de no sé qué deseo sensual e intelectual: como el ciervo perseguido ansía meterse en el agua, ansiaba yo entrar en aquellos cuerpos desnudos y relucientes, en aquellas sirenas y dríadas, en aquellos Narciso y

Proteo, en Perseo y Acteón; quería desaparecer en ellos y desde dentro de ellos hablar utilizando sus palabras. Quería. ¡Quería tantas otras cosas! Pensaba hacer una recopilación de «apotegmas» como había hecho Julio César: recordará que Cicerón lo menciona en una carta. Mi intención era reunir las palabras más notables que hubiese logrado recoger, a lo largo de mis viajes, en mi trato con hombres eruditos y mujeres con ingenio de nuestra época, o con gente peculiar del pueblo, o con personas cultas y eminentes; quería añadirles sentencias y reflexiones sacadas de obras de la Antigüedad y de los italianos, así como otros ornamentos intelectuales hallados en libros, cartas o conversaciones; y mencionar, además, fiestas y cortejos de singular belleza, crímenes insólitos y casos de demencia furibunda, la descripción de los edificios más grandes y excepcionales de los Países Bajos, de Francia y de Italia, y muchas cosas más. La obra en su conjunto debía, sin embargo, llevar por título *Nosce te ipsum.*[1]

Dicho en pocas palabras: en aquel momento, sumido en una especie de embriaguez permanente, toda la existencia representaba para mí una gran unidad; el mundo intelectual y físico no estaban para mí de modo alguno contrapuestos, como tampoco la conducta cortesana y aquella animal, lo que es arte y lo que no, la soledad y la vida social; sentía yo la naturaleza en todo, tanto en los desvaríos de la locura como en los extremos refinamientos de un ceremonial español; en las torpezas de unos mozos campesinos no la sentía menos que en las alegorías más exquisitas; y en toda la naturaleza me sentía yo mismo; cuando en mi cabaña de caza bebía a tragos la leche tibia y con espuma que una cria-

---

1. Versión en latín de un aforismo griego que figuraba en el templo de Apolo en Delfos y que significa «conócete a ti mismo».

tura hirsuta había ordeñado de las ubres de una hermosa vaca de mirada tierna, recogiéndola en un cubo de madera, no era para mí algo distinto de cuando, sentado en el banco empotrado bajo la ventana de mi estudio, me nutría del dulce y espumoso alimento extraído de un infolio. Una cosa equivalía a la otra: ninguna superaba a la otra en naturaleza sobrenatural y onírica, ni tampoco en fuerza física, y era así en todos los aspectos de la vida, a izquierda y a derecha. En todas partes me encontraba en el mismo nivel, sin advertir mera apariencia alguna: o bien presentía que todo era una analogía, y que cada criatura era la clave de otra, y me sentía perfectamente capaz de cogerlas para abrir con cada una de ellas tantas otras como me fuera posible. Ahí está la explicación del título que quería dar a aquel libro enciclopédico.

A alguien que sea sensible a pensamientos de esta índole podría antojársele que un plan diseñado con astucia por una providencia divina habría hecho que mi mente, de una arrogancia sin par, haya llegado a hundirse en la pusilanimidad y en la debilidad extremas que dominan ahora permanentemente mi estado anímico interior. Mas semejantes nociones religiosas no ejercen ningún poder sobre mí; forman parte de esas telas de araña que atraviesa en línea recta mi pensamiento para llegar al vacío, mientras que otros de sus compañeros permanecen ahí asidos hallando de esa forma el descanso. Para mí, los misterios de la fe se quedaron condensados en una sublime alegoría que se levanta por encima de los campos de mi vida cual resplandeciente arcoíris en perenne lontananza, siempre preparado para alejarse si se me ocurriese correr hacia él y querer envolverme en la orla de su manto.

Pero, mi noble amigo, también los conceptos terrenales se me escapan de igual manera.

¿Cómo habría de proceder para llegar a describirle esos extraños tormentos de la mente, ese movimiento brusco de las ramas cargadas de frutos que se apartan cuando les tiendo las manos, esas aguas rumorosas que se alejan ante mis labios sedientos?

Mi caso se puede resumir así: he perdido por completo la facultad de pensar o de hablar de cualquier cosa con coherencia.

En primer lugar, se me fue haciendo poco a poco imposible hablar sobre un tema elevado o de carácter general y usar palabras que, sin embargo, cualquiera utiliza habitualmente sin ni siquiera pararse a pensarlo antes. Sentía un malestar inexplicable con solo pronunciar las palabras «espíritu», «alma» o «cuerpo». Dentro de mí me sentía impedido de expresar opinión alguna sobre la corte, los incidentes en el Parlamento o sobre cualquier otra cosa. Y no era por ningún tipo de reserva, pues sabe usted bien que la libertad que preside mi pensamiento puede rozar la imprudencia: pero los términos abstractos que la lengua ha de utilizar de forma natural para emitir cualquier juicio se me descomponían en la boca cual setas podridas. Una vez quise reñir a mi hija Catarina Pompilia, de cuatro años, por una mentirijilla que había confesado, y enseñarle la necesidad de decir siempre la verdad, cuando, de pronto, las palabras que se me agolparon en la boca adquirieron matices tan cambiantes y se mezclaron hasta tal punto que, mascullando como pude el final de la frase, como si me sintiese mal, con el rostro pálido y una fuerte opresión en las sienes, dejé sola a la niña, salí cerrando de un portazo y no logré recuperarme un poco hasta que no galopé con mi caballo por la pradera desierta.

Pero, de forma paulatina, esa zozobra crecía como una corrosión que se va extendiendo. Incluso en las conversaciones familiares y coloquiales, todos esos juicios que se suelen expresar de forma despreocupada y con seguridad me suscitaban tantas dudas que tuve que dejar de participar en esa clase de tertulias. Se apoderaba de mí una rabia inexplicable que me costaba disimular cada vez que oía frases como: ese asunto ha acabado bien o mal para tal o para cual; el alguacil N. es malo, el predicador T. es un buen hombre; el aparcero M. es digno de lástima, sus hijos despilfarran todo lo que tienen; aquel otro tiene suerte porque sus hijas son ahorradoras; cierta familia prospera y otra se arruina. Todo eso me parecía poco fundado, falso y alejado de la realidad. Mi mente me obligaba a ver con una inquietante proximidad aquello de lo que se hablaba en tales conversaciones: había observado una vez mediante un microscopio un trozo de la piel de mi dedo meñique que se parecía a una meseta con surcos y cavidades, y eso mismo me ocurría desde entonces con las personas y con lo que hacían. Ya no me era posible verlos con la sencillez que brinda a la mirada la costumbre. Todo se descomponía en partes, y estas a su vez en otras partes, nada se dejaba ya confinar dentro de un concepto. Las palabras flotaban a mi alrededor; se convertían en ojos que me miraban fijamente y que a mi vez debía yo también mirar de la misma forma: verdaderos remolinos que me provocaban vértigo cuando los miraba, que no cesaban de girar y conducían al vacío.

Hice un intento de escapar de ese estado buscando refugio en el universo intelectual de los autores de la Antigüedad. Evité a Platón, pues temía los peligros de sus vuelos metafóricos. Pensé sobre todo ceñirme a Séneca y Cicerón. Esperaba curarme con esa armonía de conceptos precisos y ordenados. Pero no conseguí llegar a ellos. Los entendía a la perfección, por supuesto, veía sus maravillosas relaciones surgir ante mis ojos como fabulosos surtidores de una fuente que juguetean con bolas doradas. Podía dar vueltas a su alrededor y ver cómo jugaban, pero no podía entrar nadie más en su juego, y la parte más profunda de mi pensamiento, la más personal, quedaba excluida de su corro. Me invadió entonces una sensación terrible de soledad; tenía la impresión de hallarme encerrado en un jardín en el que solo había estatuas sin ojos; volví a huir otra vez.

Desde entonces, llevo una existencia que, me temo, a usted le costará imaginar, dado el vacío de alma y de pensamiento por el que transcurre; una existencia que sin duda apenas se distingue de la de mi vecino, mis parientes y la mayoría de los nobles terratenientes de este reino, y en la que no faltan del todo algunos momentos de dicha y entusiasmo. No me resulta fácil describirle en qué consisten dichos buenos momentos; una vez más me fallan las palabras. Pues lo que se me anuncia en esos momentos es algo sin nombre alguno y a lo que, además, difícilmente se le podría poner uno; es algo que derrama un caudal desbordante de una vida superior sobre cualquier aspecto de mi entorno cotidiano, como si lo derramara sobre una vasija. No puedo esperar que me entienda usted sin la ayuda de ejemplos y he de implorarle indulgencia por lo irrisorios que son estos que le presento. Una regadera, un rastrillo abandonado en medio del campo, un perro tumbado al sol, un pobre cementerio, un lisiado o una pequeña granja, todo eso puede transformarse en vasija de mi revelación. Cada uno de esos objetos, al igual que otros mil parecidos sobre los que acostumbra a deslizarse la mirada con evidente indiferencia, puede de pronto adquirir, en un momento que yo no elegiré en absoluto, una naturaleza tan sublime y apasionante que las palabras me resultan demasiado pobres para expresarlo. Puede llegar a suceder incluso que la representación concreta de un objeto ausente sea la elegida para este fenómeno incomprensible y se llene hasta el borde de ese caudal de sentimiento divino que brota súbitamente y con suavidad. Así, no hace mucho tiempo, ocurrió que había dado la orden de esparcir abundante veneno contra las ratas en las bodegas de leche de una de mis granjas. Hacia el atardecer, salí a caballo a dar un paseo sin volver a pensar en el asunto, como bien puede usted imaginar. Al cabalgar entonces al paso sobre los surcos profundos arados, sin más presencia cercana inquietante que un nido de crías de codorniz asustadas y, a lo lejos, el inmenso sol que se ponía detrás de los campos ondulados, de pronto se abre dentro de mí aquella bodega llena de la agonía de aquella colonia de ratas. Todo se hallaba en mi interior: el aire frío y viciado de la bodega, saturado del olor dulzón y penetrante del veneno, y el eco de los gritos de agonía al chocar con los muros enmohecidos; el desconcierto de espasmos de impotencia mezclados con ataques de desesperación; la búsqueda con pánico de la salida; la mirada helada de ira al encontrarse ante la rendija tapada. Pero ¡para qué recurrir a esas palabras de las que reniego! ¿Recuerda, amigo mío, la asombrosa descripción que hace Tito Livio de las horas anteriores a la destrucción de Alba Longa? Cómo vaga la gente por unas calles que no han de volver a ver nunca más... Cómo se despiden de las piedras del suelo que pisan. Le aseguro, amigo mío, que todo eso lo llevaba yo dentro de mí, así como a Cartago en llamas; pero era más que eso, más divino, más brutal; y era presente, el más pleno y sublime presente. Allí había una madre rodeada de sus crías, que perecían agonizantes; mas no alzaba su mirada a los moribundos ni a los inexorables muros de piedra, sino al aire vacío o, a través de él, al infinito, ¡y acompañaba esa mirada con un rechinar de dientes! Si alguna vez hubo un esclavo lleno de impotente pavor cerca de Niobé[2] cuando la transformaron en piedra, debió de sentir lo que sentí yo cuando el alma de aquel animal enseñó los dientes al aterrador destino.

Habrá de perdonarme esta descripción que hago, pero no vaya a pensar que era compasión lo que experimentaba. No debe pensarlo en absoluto, pues de haberlo sido la elección de mi ejemplo habría sido de una gran torpeza. Era mucho más y mucho menos que compasión: una prodigiosa comunión, una forma de introducirse en aquellas criaturas o la sensación de que un fluido de vida y de muerte, de sueño y

---

2. Personaje mitológico, esposa de Anfión, rey de Tebas, con quien tuvo catorce hijos. Cuando la desafortunada madre acudió junto a los cadáveres de sus hijos, matados por Apolo en venganza por su soberbia, sintió tal dolor que, deshecha en llantos, quedó inmóvil y terminó convirtiéndose en piedra, como había suplicado a Zeus.

vigilia —¿venido de dónde?—, había corrido por ellas en el espacio de un instante. Pues poco tiene que ver con la compasión, ni con ninguna asociación humana e inteligible de ideas, el haber encontrado una tarde bajo un nogal una regadera a medio llenar, olvidada allí por algún ayudante de jardinero, con el agua de dentro ennegrecida por la sombra del árbol, y con un insecto que se desliza por el espejo del agua de una orilla oscura a la otra; ese conjunto de detalles triviales me atraviesa con tal presencia de lo infinito, desde la raíz del cabello hasta la médula de los talones, que deseo estallar en palabras, palabras que, si llego a encontrar, derribarán a aquellos querubines en los que no creo; así, me alejo de aquel lugar en silencio, y unas semanas después, cada vez que diviso el nogal, aparto la mirada con timidez para no ahuyentar la estela de lo maravilloso que todavía envuelve su tronco, y no espantar esos estremecimientos sobrenaturales que siguen aún palpitando alrededor de los matorrales cercanos. En esos momentos, una criatura intranscendente, un perro, una rata, un insecto, un manzano escuálido, un camino que serpentea por la ladera de la colina, una piedra cubierta de musgo, se me antojan más valiosos que la amante más hermosa y complaciente en la más feliz de mis noches. Esas criaturas mudas y a veces inanimadas se alzan hacia mí con tal intensidad, con tal presencia de amor que mi ojo entusiasmado ya no es capaz de distinguir a su alrededor ni el más ínfimo punto sin vida. Todo lo que hay, todo lo que recuerdo, todo lo que surge de mis pensamientos más confusos me parece tener entidad. Incluso mi propia pesadez y el habitual embotamiento de mi cerebro me parecen tenerla; siento un juego entre contrarios delicioso y absolutamente infinito dentro de mí y a mi alrededor, y entre los elementos que en él participan no hay ni uno solo con el que no pueda fundirme. Tengo entonces la impresión de que mi cuerpo se compone únicamente de claves que me lo revelan todo. O de que podríamos entablar una relación nueva y misteriosa con la existencia si empezásemos a pensar con el corazón. Pero, cuando ese extraño hechizo me abandona, ya no soy capaz de decir nada sobre todo eso; sería tan incapaz de expresar con palabras sensatas en qué consiste esa armonía que me domina a mí y al mundo entero, y de qué manera se ha vuelto perceptible para mí, como de precisar los detalles sobre los movimientos internos de mis entrañas o las estasis de mi sangre.

Fuera de estas curiosas tribulaciones que, por otro lado, no sé si he de atribuir al espíritu o al cuerpo, en mi existencia reina un vacío difícil de imaginar, y me cuesta ocultarle a mi esposa el aturdimiento de mi ser, y a la gente cercana la indiferencia que me inspira todo lo que se refiere a mis posesiones. La buena y estricta educación que debo a mi difunto padre, y la costumbre adquirida muy temprano de no desaprovechar ninguna hora del día son, en mi opinión, las únicas cosas que le dan a mi vida, vista desde fuera, consistencia suficiente y un comportamiento en consonancia con mi condición y persona.

Estoy reformando un ala de mi casa y alguna vez consigo hablar con el arquitecto sobre el avance de la obra; administro mis bienes, y quizá mis aparceros y empleados me encuentren algo más taciturno, pero no menos benevolente que en el pasado. Ninguno de ellos, cuando de pie en el umbral de su casa se quita el sombrero para saludarme al pasar yo por la tarde a caballo, sospecha que mi mirada, que ellos acostumbran a sostener con respeto, recorre con silenciosa nostalgia las tablas carcomidas bajo las que ellos suelen buscar lombrices para la pesca, penetra a través de las rejas de la estrecha ventana y se sumerge en el cuarto poco ventilado donde, en un rincón, la cama baja con sábanas de color parece estar siempre esperando a alguien que desee morir o a alguien que tenga que nacer; que mis ojos se quedan mirando durante largo rato a los horrendos cachorros de perro o al gato que se desliza ágil entre las macetas con flores y, entre todos los humildes y toscos aperos propios de la vida campesina, buscan aquel que, allí colocado o apoyado, con una forma anodina, una existencia que pasa desapercibida y una presencia muda, puede transformarse en fuente de ese misterioso hechizo, mudo y sin límites. Pues mi innombrable sentimiento de felicidad surgirá antes de una lumbre de pastor lejana y solitaria que del espectáculo de las constelaciones en el cielo; antes del canto del último grillo que se acerca a la muerte, cuando el viento del otoño ya empuja a las nubes de invierno por encima de los campos desnudos, que del estruendo majestuoso de un órgano. Y me comparo a veces en mi pensamiento con Craso,[3] aquel orador del que se cuenta que quería con tal locura a una morena domesticada, un pez mudo y basto de ojos rojos que vivía en su estanque, que se convirtió en objeto de todas las habladurías de la ciudad; y, cuando un día, en el Senado, Domicio le reprochó que hubiera vertido lágrimas por la muerte de aquel pez, dando así a entender que estaba medio loco, Craso le contestó: «Así pues, hice yo a la muerte de mi pez lo que usted no hizo a la muerte de su primera ni de su segunda esposa».

No sé las veces que este Craso con su morena me llegará a venir a la memoria, cual reflejo de mí mismo que se proyecta por encima del abismo de los siglos. Pero no por la respuesta

---

3. Marco Licinio Craso (115 o 114 a. C. - 53 a. C.) fue un general y político romano, miembro del primer triunvirato y uno de los hombres más ricos de su tiempo.

que dio a Domicio. La respuesta puso de su parte a los que se rieron con ella, reduciendo el incidente a la broma de una frase ingeniosa. Pero el asunto a mí me afecta, y no sería de otra forma aun cuando Domicio hubiera derramado lágrimas de sangre del más sincero dolor por sus esposas. Pues frente a él aparecería Craso derramando lágrimas por su morena. Y por ese personaje, cuya ridiculez y aspecto despreciable se muestran con tal evidencia en medio de un Senado que domina el mundo y delibera sobre los más elevados asuntos, por ese personaje, algo innombrable me obliga a pensar de una forma que se me antoja perfectamente necia en el momento en que intento expresarlo con palabras.

A veces, la imagen de ese Craso está en mi cerebro, durante la noche, clavada como una astilla alrededor de la cual todo supura, palpita y bulle. Tengo entonces la sensación de que yo también empiezo a fermentar, a hacer burbujas, a bullir y a refulgir. Y forma todo eso una suerte de pensamiento febril, pero un pensamiento hecho de una materia que es más cercana, más fluida y candente que las palabras.

Son también remolinos, pero de esos que, a diferencia de los remolinos de la lengua, no conducen, según parece, a un pozo sin fondo, sino en cierto modo a mí mismo y al corazón más profundo de la paz.

Mi noble amigo, lo he importunado más de lo debido con esta descripción extensa de un estado inexplicable que de ordinario permanece encerrado dentro de mí.

Ha tenido usted la bondad de manifestar su descontento por no haber recibido ningún libro por mí escrito «que lo desagraviase por no haber disfrutado de mi compañía». En ese instante, he sentido con una certeza, no del todo exenta de cierto pesar, que ni el año que viene ni el siguiente ni en todos los años de mi vida escribiré libro alguno en inglés ni libro alguno en latín; y es así por una sola y única razón, de una rareza tan penosa para mí que dejo al cuidado de su infinita superioridad intelectual, que mira sin dejarse deslumbrar, el ponerla en el lugar que le corresponde en el reino de los fenómenos del cuerpo y del espíritu que se presenta armoniosamente ante usted; y es que la lengua en la que quizá me habría sido dado no solo escribir, sino también pensar, no es el latín, ni el inglés, ni el italiano, ni el español, sino una lengua de la que no conozco ni una sola palabra, una lengua en la que me hablan las cosas mudas y en la que tal vez un día haya de rendir cuentas en la tumba, ante un juez desconocido.

Quisiera que me fuera dado el poder de condensar, en las palabras finales de esta carta, la última sin duda que escribo a Francis Bacon, todo el amor y la gratitud, toda la admiración sin medida que guarda mi corazón por el mayor benefactor de mi espíritu, por el primer inglés de mi tiempo, y que guardará hasta que la muerte lo quiebre.

En el año de gracia de 1603,
en este 22 de agosto
Ph. Chandos

MI QUERIDO Y ADMIRADO LORD CHANDOS
Un texto estético

JUAN RAMÓN MARTÍN

Leí tu carta

Mi querido y admirado Lord Chandos, he leído tu carta y la he releído infinidad de veces. He analizado cada una de las palabras, cada uno de los conceptos que expresas en ella. He paladeado todas las ideas que propones como si estuviera contemplando un bello diamante engastado en una escultura de Cellini. Cada una de las frases, cada una de las palabras que allí viertes son gotas de agua traspasadas por el sol, reflejos de ideas segundas en tu particular espejo poético. Tengo que pedirte disculpas, pues tras cada una de las lecturas de tu carta, he disfrutado del fluir literario de tu pluma, de la riqueza con la que expresas un abandono de inspiración que no veo con claridad, y que me produce una cierta perplejidad y, no lo oculto, algo de desasosiego. No lo veo, hay algo en tu carta que anuncia un nuevo renacer narrativo que resulta patente. Una cascada de palabras conectadas que enriquece tu texto y da testimonio de una capacidad creativa superior, de un trazado exquisito en el derivar de las palabras que se ajustan con la precisión del fabricante de relojes, cuyas sonerías podemos ver y escuchar en las consolas de las distintas salas tocando a un mismo tiempo.

Toma de decisiones

Cuántas dudas se producen en la mente del arquitecto cuando tiene que trazar la composición de la fachada del edificio que se asomará definitivamente a la ciudad, cuánta responsabilidad en dejar una pieza congelada en el mundo para la contemplación y el placer de quienes pasearán por las calles. Estoy seguro de que el arquitecto duda con mucha frecuencia ante la toma de decisiones sobre la manera de distribuir los distintos ámbitos, las alturas, las luces, los materiales que configurarán un espacio singular, un espacio nuevo. Y es que el arte es, en palabras de Borges, un jardín de senderos que se bifurcan. Cuántas dudas surgen de la frente del escultor cuando debe dar movimiento o expresión a una nueva creación. La luz, la sombra, la geometría definitiva y, por tanto, la solución perfecta dependen de cada una de las decisiones que vaya tomando en el proceso creativo y que, para mayor dificultad, ha de decidir antes de ver la pieza realizada. Todo ello conlleva, en cada momento de la creación, un gran esfuerzo de imaginación. Pero no solo de imaginación, el artista camina por una línea muy estrecha y se alternan momentos de claridad con momentos de duda angustiosa; a veces ha de caminar con los ojos tapados y seguir avanzando; una decisión casual o azarosa puede abrir un nuevo camino de posibilidades; está obligado a asumir el riesgo, a inventar, a dejarse empujar por el viento, que será un aliado cuando el camino se haga demasiado angosto. Tú bien conoces esto. Cada una de las palabras de un texto debe estar colocada allí donde se necesita. Es una construcción que se realiza vocablo tras vocablo, pieza tras pieza, encadenadas con la sutil regla de la sintaxis para expresar las ideas. Cada palabra colocada en su justo lugar de manera insustituible. Cualquier alteración en el orden o en sus ajustados significados puede malograr el resultado final. Qué difícil es todo esto, ¿verdad?, mi querido Lord.

En la creación literaria, en la pintura o en la escultura o incluso en la música, cada una de las líneas, cada una de las manchas de color o cada una de las notas que ponemos en la partitura transforman el mundo de manera radical, provocan un terremoto que muda los significados de la obra hacia otros territorios. El cambio de un vocablo en un texto cambia el fluir del tiempo. El mundo está construido palabra a palabra en una sucesión finita y mensurable. Y esto suele provocar vértigo y confusión. En muchas ocasiones estas sensaciones, esta imposición de toma de decisiones, nos sumen en el desánimo o, más aún, en la desesperación. Días fecundos suceden a otros que parecen estériles, días de entusiasmo son prólogo de momentos aciagos y, a su vez, preludio de nuevas creaciones que llenan de sentido nuestra vida.

PLACER DE LA LECTURA

He leído y he disfrutado con tus textos de juventud, he buscado entre tus metáforas y en las imágenes que ponías ante mis ojos de lector deseante, y he encontrado placer en ellas, en cada una de las sílabas que iban construyendo ese aparato musical necesario que desarrollas y que es, en definitiva, lo que configura la gran poesía. En cada palabra un acento nuevo al discurso, que serpentea para dar significados ramificados que vuelven, de vez en cuando, al tronco común y que a su vez derivan nuevamente para agrandar y embellecer el texto. Y cómo este rebota una y otra vez en mi mente hasta que, en algún momento, ceso en la lectura y, con los ojos cerrados, vuelo libre, impulsado por el motor de tus palabras.

ME CABE LA DUDA

Y dices que la lengua de las palabras mudas no te habla al oído. No sé. Debe de ser tu sensación. No lo veo. Me escribes una carta que me emociona, que me llena de energía creativa, en la que vislumbro un latido de expresión necesaria *(non cessāre),* imparable, en la que percibo una vez más el torrente creativo que fluye de tu pluma y en la que denuncias una sordera que sigo sin ver. Tal vez te falta perspectiva, distancia. No puedo por más que pedirte, que rogarte, que sigas en tu empeño, sentado en tu gabinete con un papel blanco y la pluma, y un plan de escritura, y que nos animes con tus nuevas historias para hacer este mundo algo más bonito, más rico, más amable. Sigue, no pares.

LOS AMIGOS LOS CREADORES

El invierno pasado tuve la oportunidad de pasear largamente por las llanuras atlánticas, en la América inexplorada, en el norte frío, entre los pantanos y los bosques, con nuestro común amigo Thoreau, lo recuerdas, ¿verdad? Cuánto pudimos aprender con él en aquellas frías tardes al calor de una estufa en su cabaña, con un vasito de aguardiente de arándanos. Paladeábamos sus apreciaciones de la naturaleza, que solo él era capaz de observar, en las que nos describía de manera detallada, casi científica, las cosas que solo él veía, para recrear un mundo cierto de una belleza profunda, de una belleza de la que él extraía un discurso del que salíamos enriquecidos. ¿Recuerdas? Los cables del telégrafo se movían batidos por el viento, por un viento frío y nuevo que acababa de llegar desde lejanas tierras y que producía en ellos una vibración casi imperceptible. Hizo que nos acercáramos al poste y que aplicáramos la oreja bien pegada a la madera y, entonces sí, sí que oímos «esa música que solo la madera puede reproducir», un sonido bellísimo, pura música con acentos y olor a asfalto. Y es que en la contemplación de la naturaleza todo tiene un profundo interés; capas y capas de contenidos de la más diversa índole que solo los científicos y los poetas son capaces de ver y que revelan la gran belleza del mundo, el motor que genera la vida.

La estela de lo maravilloso

Tú eres un gran observador y un auténtico fabulador, y es por eso por lo que me cuesta creer que no broten de ti las palabras, los conceptos poéticos, tras ver de soslayo la regadera a medio llenar y que describes con un latido sobreexcitado en tu carta. Permíteme que te cite: abandonada al pie de un nogal por un jardinero descuidado ves la regadera a medio llenar, pasas y la miras, como lo hubiera hecho nuestro amigo Thoreau. Describes no solo el espejo de plata, reflejo de un cielo en el agua oscura en el fondo de la panza de la regadera, sino también el insecto que flota sobre la superficie y nada de borde a borde, en su pequeño mundo, en su estanque confinado. Un instante, un tiempo detenido y un mundo infinito se abren ante esa simple observación que nos regalas. Un microcosmos que, relatado por ti, se convierte en un universo en sí mismo. Ahí reside la auténtica «estela de lo maravilloso» que citas en tu carta y que crees no reconocer. Esta frase que acuñaste ha sido para mí un lugar singular y único que me ha venido acompañando durante estos años. Trato de perseguir día a día la «estela de lo maravilloso», aferrándome a ella para disfrutar de la vida y despegarme de una cierta vulgaridad que impregna nuestros días. Es un precioso hallazgo, una locución única.

La inspiración

Suelo dar paseos por la ciudad sin un rumbo fijo por el placer de contemplar las gentes, los escaparates, las luces, la vida. Me gusta contemplar cómo los edificios cambian sus perspectivas conforme avanzo por las calles. Descubro imágenes y sonidos que me resultan gratificantes. El otro día, al volver una esquina, me encontré con una escultura que ya conocía, una escultura ecuestre en una de las plazas que jalonaban mi paseo. El sol ya se había puesto, la tarde declinaba, el mármol recogía la tibia luz. Las distintas superficies reflejaban una claridad que se desvanecía en las concavidades hasta llegar a unas sombras profundas en las que se producía la ausencia total de luz en unos espesos negros. Espacios cargados de un aire denso algo desconcertante. Conforme la tarde se vencía, los contornos se hacían difusos y jugaban a desaparecer contra sus fondos, a desdibujarse y a veces hasta fundirse definitivamente con el espacio circundante. Una cierta borrosidad. Di varias vueltas en torno a ella para tratar de comprenderla. La pieza celebraba la belleza y compartía con la tarde una sensación de acabamiento.

La creación poética

De la misma manera que la luz habla sobre la piel de la escultura, ocurre con el significado de las palabras que construyen, verso a verso, el poema. Cada una de ellas es un latido que conduce a un mundo por explorar, cada una de ellas abre puertas a algo nuevo que está por llegar, pero que no acaba de presentarse de una manera definitiva. Palabras que nos hacen comprender cosas que no conocíamos y que anuncian un tiempo nuevo. El poeta toma prestadas las palabras, toma una parte mínima de la realidad para representarla nuevamente, desvirtuándola, pervirtiéndola, confundiéndola por la imprecisión de los significados últimos, y nos la ofrece transformada, enriquecida y nueva. El poeta es un inventor, pero necesita desenfocar el mundo para poner el foco en un nuevo asunto. El poeta, mi querido Lord, con su mirada vuelve a completar la realidad para recrear, de manera inequívoca un mundo nuevo. De esta manera se produce el conocimiento. La obra de arte es generadora de pensamiento y contribuye al saber propio.

Hablas de los remolinos del lenguaje cuando, en la noche, te obsesionan imágenes como la de Craso y su morena. Es precisamente ese vendaval de imágenes íntimas lo que da sustancia a la literatura y en general a la obra de arte. Es la pasta nutricia, el fermento que bulle y centellea, como dices en tu escrito, que alimenta la obra a la que habrá de dar forma y estructura. Esas obsesiones son previas al juego con el que, palabra tras palabra, has de alimentar la idea. Se abre entonces un mundo por conquistar, un mundo por ofrecer a los demás que, una vez pulido y brillante, sea activador para el placer de la comprensión y de la contemplación. Estamos obligados a continuar este largo hilo que dará testimonio de nuestro tiempo al mundo por venir. Así lo han hecho quienes nos precedieron, los que inundaron nuestras cabezas de realidades inventadas, de realidades analizadas y vueltas a poner en pie con sus obras de arte.

Acaba marzo

En el momento de redactar esas palabras, querido Lord, acaba de finalizar el mes de marzo. Comienza el mes de abril, que no es cruel, que engendra lilas que están bullentes por salir, deseosas de mirar al cielo y exhalar perfume, desde una tierra que palpita a sus pies vida por todas partes. Desde la pura oscuridad subterránea que no podemos ver, pero que sentimos latir al unísono con los grillos y los topos en sus madrigueras, hasta las yemas que se estiran tiernas mirando sorprendidas el cielo azul o las gotas de una incierta lluvia que recrea la transparencia de la dehesa o del soto dejándolo lleno de hermosura. Así es la primavera plena en estas tierras continentales. De una manera similar, con la misma belleza, estoy seguro, se produce en las extensiones septentrionales que son tu hogar. Cuando llega este tiempo, me imagino caminando a tu lado por el campo, descubriendo los mil secretos que nos deparará el paseo y que serán fuente de argumentos que enriquezcan las metáforas de tus textos. Ya escribas sobre el bien querido Enrique VIII y sus negociaciones con Francia y Portugal, en busca de alianzas con princesas de otras cortes. O el aventurado epílogo que proponías escribir para cerrar el largo viaje de Eneas tras pasar por Roma, dejarla atrás y llegar hasta tierras germanas, inspirado en el *De bello gallico* y las conquistas de César.

Escribe, Philipp, insiste, escribe, no pares, y, cuando estés agotado, inventa nuevos argumentos. Nuevas imágenes, nuevos diálogos.

Describe el paisaje que te rodea y tráenos noticia de cuanto suceda en tu alma, en tu siglo, para que podamos entender mejor el río de la historia. Toda historia escrita será como un susurro para tus lectores, a quienes hablarás al oído en el silencio de la noche. Será el testimonio de un tiempo acaecido.

El trabajo del escultor difiere exteriormente del que desarrolla el poeta, pero es, en esencia, el mismo. El fin último de la obra de arte —escultura o poema— siempre será narrativo, en el que las formas terminarán haciéndose inteligibles. Quien lo contemple viajará hacia lugares nuevos. El artista tiene como dominio una eterna primavera en la que las lilas, producto de su esfuerzo, brotan con alegría, dolor y felicidad. La obra creada siempre nace con un gran esfuerzo físico e intelectual. ¡Claro que surge con dificultad!, pero también con sorpresa y en ocasiones con una cierta perplejidad ante el mundo que se abre en ellas y que las rodea, pleno de luz. El artista plástico dibuja aquello que todavía no conoce y establece un diálogo entre su mente, una suerte de ensoñación, y el papel en el que va fijando ideas. Poco a poco va definiendo los volúmenes, las masas emotivas, los ángulos y los vanos hasta hacerse idea cabal de la forma. Con estos apuntes pasa al taller rodeado de planchas de acero, fuego y golpes rítmicos de martillos contra metales. El resto bien lo puedes imaginar: silencio, concentración y amor por el trabajo bien hecho. Y es que en el juego de la creación hay un latir siempre incierto, en el que se abren caminos de libertad.

TRANSPORTE

El ser humano se mueve, viaja, busca, se transporta. Desde el principio de los tiempos nuestros ancestros necesitaban estar allí donde había semillas, raíces o caza con las que alimentarse. Si pensamos en aquellos seres primitivos y tratamos de figurarnos las cosas que pasaban por su cabeza, sin duda llegaremos a la certeza de que imaginaban campos fértiles, cazas sencillas o frutas jugosas. Un cierto paraíso, un lugar de facilidad y de descanso. Este mecanismo no dista mucho del proceso mental del hombre de la época moderna y contemporánea. La mente

tiene la capacidad de crear realidades imagina-
das, ficticias, pero enormemente ciertas. Este
es el proceso que conduce al autor, al hacedor,
en su quehacer diario, en su trabajo de producción artística. Las certezas las suele percibir a
través de los sentidos: mira y oye lo que tiene
ante sí, lo que le rodea. Es su primera realidad
sensible. Es la fuente de la que se sirve para
inventar una segunda realidad y plasmarla en
forma de poema, de sonata o de estatua. Estos
elementos extraídos de su pura fantasía, estas
piezas artísticas, generarán en el observador de
la obra terminada momentos de placer que le
harán viajar por un mundo sugestivo a una realidad imaginada, pero en muy alto grado ver-
dadera. La metáfora es una suerte de telecomu-
nicación, un proceso por el cual la obra de arte
cobra el papel de médium, de vehículo. No son
las palabras cosidas por una buena sintaxis, ni
una buena proporción entre los colores y la

geometría de una pintura, es el conjunto de ideas que subyacen escondidas en su interior y que el espectador ha de desvelar para volver a emprender el viaje.

Los limones maduran

Como sabes, te escribo desde el mismo corazón de la península ibérica. En este lugar, cuando llueve, el mundo cambia de color. Las primeras gotas caen sobre el polvo de la tierra, levantando polvo, salpicando polvo, luego poco a poco van empapándola. Al principio se oscurece. Ocurre como cuando se moja un muro de ladrillo seco y caliente que ha estado expuesto al sol abrasador y calcinante del mes de julio. Tras este primer momento, el agua satura las superficies, que comienzan a brillar. Pronto se producen reflejos de espejo en infinidad de puntos, las luces botan y rebotan por doquier y enseguida comienzan los pequeños regatos a correr desde los tejados hasta el suelo. Tras la lluvia, el aire se vuelve transparente. El agua fertiliza las semillas escondidas entre el polvo y la tierra y, pasados unos días, podremos contemplar cómo la cobertura agostada de un amarillo oro vira hacia tonos ligeramente verdes. Con el tiempo veremos aparecer los violetas, los naranjas, los rosas, amarillos y azules, y una vez más el sortilegio de la vida habrá culminado. Como diría San Juan de la Cruz, quedará el «prado de verduras, de flores esmaltado». Llegarán las fragancias de las flores, primero las del naranjo y del limonero, colmando el espacio de olor a azahar, más adelante, con el madurar de la higuera, el perfume arrebatará los sentidos, llevándonos a tiempos pasados.

Acabo de describirte un paisaje mío, muy mío, reconocible y que me resulta muy grato. Has leído este texto con atención, estoy seguro, y mis palabras han sembrado imágenes en tu cabeza, han germinado en ella. Son como las gotas de agua que trascienden y que transforman cuanto tocan. Podríamos haber hablado del sonido de los grillos en la noche de verano o del chirriar de las cigarras sobre los olivos en Grecia. Estos cantos revelan profundidad en el paisaje, un sonido que habita en el aire y que lo fecunda, haciéndolo más respirable, más hermoso. Cuando abro los ojos o cuando pongo alerta mis oídos, el medio que me rodea me dicta un sinfín de melodías placenteras.

La belleza ofrecida:
representación y enigma

De la misma manera que el sol crea la naturaleza irradiando su luz sobre la hierba, las hojas, los árboles y los alumbramientos, cada una de las obras de arte producidas a lo largo del tiempo —sin ninguna excepción— ha sido necesaria para la construcción del ser humano tal y como es hoy en día. Han modelado su sensibilidad y afinado su percepción sobre los mitos, las historias o los acontecimientos. Así es el arte, ese artificio mental y material que va agrandando el pensamiento y que enfoca la mirada de unos y otros frente al mundo. En cada época de una manera diferente, con un aire nuevo bajo el prisma de la filosofía de la que toma ideas y a la que alimenta. El arte como producto genuino propio del ser humano es la materia construida que representa lo más esencial del pensamiento y lo más inquietante, y lo hace desde perspectivas muy diversas. El otro día leía el discurso de un amigo músico que se refería a las torres legendarias que configuran el paisaje de su ciudad natal. Torres de iglesias que se elevan sobre el horizonte desde tiempos inmemoriales y que han visto pasar inviernos gélidos y noches a lo largo de los siglos. Construcciones cuya forma da fe de una época pretérita. Pura inspiración epidérmica que un músico sensible es capaz de traducir al lenguaje musical: los ritmos, los colores, la proporción, la secuencia, la seriación, los compases, los silencios y la luz sobre esas torres, en combinación con las músicas ancestrales inspiradas en el viento al amor de la lumbre, crean en la cabeza de mi amigo las melodías, la trama y el tejido que sirven de argumento para alimentar a la orquesta. Qué curioso es el devenir de las ideas que llegan en cada caso desde lugares extraños y que son a su vez sustancia de vida y pensamiento.

Fuentes, esferas de oro, agua clara traspasada por el rayo de sol, reflejos en el fondo del estanque, brillos de espejo que invierten las perspectivas, sigo leyendo tu carta y sigo latiendo cerca de ti y de la maravilla con la que expresas el mundo que nos rodea. Un mundo que en ocasiones nos deja perplejos de tanta belleza y del que el artista ha de tomar buen apunte, como lo haces tú en tus textos. Belleza que afortunadamente no llegamos a comprender del todo y que plantea en su representación el enigma de la vida. Un paraíso que casi llegamos a comprender, pero que siempre está un poquito más allá y acrecienta nuestro deseo. Pensemos en el influjo de la luz sobre las cosas, la realidad cambiante y la luz espiritual de la que hablan los poetas. Somos seres incompletos como lo son las estatuas encontradas en las acrópolis o a lo largo de la costa mediterránea. Es por ello por lo que necesitamos nombrar las cosas, definir con palabras, con dibujos, con sonidos, para tener certezas, para completarnos y vivir en conciencia. En los límites del logos tan solo somos palabras entrelazadas, somos escultura bajo la luz, somos representación y enigma.

Belleza ofrecida

Una obra de arte debe ser seductora, debe tener un poder de evocación para hacernos cautivos de ella. Ese ingrediente que toda obra debe tener para ser considerada poderosa, convincente y estremecedora es algo que todos buscamos a lo largo de cada proceso creativo. Es el alma, es como un duende que crea una pequeña vibración íntima durante la contemplación. Qué difícil es encontrar ese punto de desequilibrio, querido amigo. Durante el tiempo que dura la contemplación es como si el dardo de Eros actuara sobre nosotros y nos atrapara en un laberinto de miradas del que no pudiéramos desentendernos. Es la obra, bien lo sabes tú, la que nos ha de ofrecer su belleza, generosa, para que aparezca, como si de un fantasma se tratara, la verdad. Solo de este modo el espectador o el lector podrán sentirla como cierta.

Recuerdo con claridad una tarde cálida del mes de julio cuando el tiempo por unos instantes se detuvo. El calor sofocante y la sequía pertinaz dibujaban en mi mente una cierta melancolía. El campo desprendía el olor fragante de la paja seca y una quietud larga gravitaba sobre el paisaje. El silencio solo se veía quebrado por el golpeteo rítmico del péndulo del reloj y tal vez por el latido de mi corazón. El tiempo, digo, se detuvo por un instante. El tiempo y el espacio. A través del ventanal, las hojas del laurel brillaban estáticas. Fue entonces cuando una pluma blanca y pequeña apareció volando, lentísima, describiendo suaves curvas descendentes. En su movimiento, profundo como el aire, tocaba las hojas, se acercaba al cristal, volvía hacia el fondo oscuro de las sombras, para aparecer brillante y sostenida por los rayos de sol que se filtraban vibrantes. El tiempo y el espacio se detuvieron por un instante. La levedad del vuelo de la pluma que pude contemplar aquella tarde trasciende hacia otros lugares y otros tiempos, otras miradas, otras personas, todos los hombres. ¿Recuerdas?

Eros y Diana

El artista es un cazador de luces, formas, sonidos y palabras sueltas con las que ha de construir nuevos mundos. Lleva en todo momento el arco y las flechas de Diana a punto de ser disparadas para obtener el botín con el que alimentar su cesta. Esta es la gran libertad del creador. El mundo está abierto ante él y él lo tiene que cerrar dando forma a una obra artística. Su paleta está formada con estas unidades semánticas; en cualquier sitio se produce un sonido o un olor con el que jugar y trascender. Como un niño que observa una peonza, absorto en el giro y en el equilibrio, así es la vida del artista. Basta una lámina de agua, una brizna de hierba o una luz reflejada por las hojas de un árbol para que dé comienzo un nuevo proyecto. El mundo en sí es conmovedor, es motor para el artista.

El otro día, tras levantarme temprano, tuve la suerte de observar a través de la ventana de mi dormitorio un pájaro negro, un mirlo, posado en la rama más alta de la higuera que cultivo desde hace muchos años en mi jardín. Tuve tiempo de espiar su quehacer mañanero. El mirlo miraba con delectación un higo negro, maduro y seguramente muy dulce, con timidez, pero también con mucho deseo. Su actitud alerta no pudo sustraerse a la tentación y comenzó a picotearlo. En el instante posterior, con dos golpes de ala voló con el higo en el pico al tejado de enfrente a seguir gozando de su fruta. Daba placer verlo. Daba placer su placer. Ante visiones como esta nos quedamos parados, concentrados, y por nuestra cabeza pasan multitud de sensaciones que nos transforman. Desde muchos frentes nuestra mente se va modelando. Las sombras, el vuelo, la tensión, la proximidad, la proporción, los desvanecimientos, la respiración, el silencio, el placer, algunos elementos casi imperceptibles se van abriendo en la imaginación, a nuevos mundos sugeridos por esta acción, por este pequeño teatro que la casualidad ha puesto frente a nosotros. Mundos que brotan del instante y de nuestra memoria, de lo que acabamos de ver, y que actúan, transformándonos. La creatividad es una fuente que mana de un extraño lugar y que se guarda en la memoria. El poeta y el escultor son los artistas encargados de traducir en palabras y en formas este torrente que late en el interior. Y deben luchar, no es una tarea fácil, con el lenguaje, que a veces actúa

de limitador del mundo, que ofrece resisten-
cias a la expresión, y, solo tras un duro trabajo
de depuración, consiguen levantarlo en forma de
poema o escultura.

TU ANGUSTIA Y LA APARICIÓN

Escribes en tu carta muchas palabras que conducen hacia la idea común de desaliento frente al hecho creativo, de soledad espiritual, incluso de confusión, hablas de Platón con temor, y dices que Séneca y Cicerón ya no te consuelan. Brotan sin parar de tu pluma como un manantial fecundo imágenes de una belleza sobrecogedora, que fertilizan la mente de quien las lee y agrandan los horizontes del mundo. Te sientes «encerrado en un jardín en el que solo había estatuas sin ojos», prefieres «el canto del último grillo que se acerca a la muerte cuando el viento del otoño ya empuja a las nubes del invierno por encima de los campos desnudos que el estruendo majestuoso de un órgano».

Pero ¿no te das cuenta de que estás describiendo imágenes de las imágenes, apariencias de las apariencias, que conducen a subrayar aquello de lo que hablas de manera sutil, y que tus palabras se engrandecen y reinan en el texto y niegan el discurso que pretendes? A veces tú te preguntas, como lo hago yo ahora, como lo hacemos cada vez que nos ponemos frente a una nueva obra, en qué consiste el hecho creativo, cuáles son los impulsos necesarios para que aflore un texto, una geometría, una melodía o un ritmo. Dónde se encuentra el lugar del que emanan; dónde se hallaba la obra antes de nacer, de qué fondo oscuro ha de emerger para convertirse en un hecho cierto, cuánto esfuerzo para sacarla desde el lugar en el que se encuentra sumida. Existe un momento de lucidez extraña, breve, pero muy intensa, que coincide con un momento de inspiración, de toma de aire; en ese momento se produce el arranque de la máquina que puede llevarnos muy lejos. Los filósofos lo llaman *phenomenon,* algo que se presenta ante nosotros como un fantasma, es la aparición, el origen, el motor de la fantasía, lo que da sentido primero a nuestra obra. Luego hace falta técnica, mucha técnica, para desarrollar la idea de la mejor manera posible, para que se haga inteligible y ofrecerla a los demás como un tesoro digno de ser observado, digno de ser escuchado, digno de ser leído. Así lo has hecho y así lo seguirás haciendo, querido Lord, no hay otra manera. El futuro aguarda con impaciencia tus nuevas obras para recreo y regocijo de todos nosotros. Estoy seguro de que así va a ser. Lo enuncias con tus palabras, que parecen juegos malabares en la carta que me escribes de manera pesimista y cuya técnica destila belleza y verdad por todas partes.

El lenguaje como palanca
y la combinatoria

Cuando pienso en toda la música que ha sido capaz de crear el hombre a lo largo de la historia, desde las canciones populares o los ritmos tribales hasta las grandes óperas de una extraordinaria complejidad, me sobrecoge la idea de que todas ellas han sido construidas con doce notas, un centenar de ritmos y unos pocos timbres. Algo parecido le sucede al poeta, que trabaja con un número limitado de palabras para construir un universo inagotable capaz de expresar ideas y conceptos descritos

línea a línea, verso a verso, en un sinfín de posibilidades.

El orden, la selección y el intercambio de
elementos fue el punto de partida con el que
Ramon Llull, hace ya unos cuantos siglos, creó
su *Ars combinatoria.* Un texto complejo que
proponía como máquina de pensamiento. Un
engranaje que hacía posible relaciones diversas entre las palabras y las ideas que estas de-
signan para crear, sorprendentemente, nuevas
formas de saber. Descartes racionalizaría con su
método los procesos combinatorios para llegar
a la verdad científica, refrenando la avalancha
de posibilidades propuesta por el sabio Llull. Y
sería Leibnitz, algo más tarde, quien, desde una
visión matemática, propusiera un alfabeto del
pensamiento humano a través de los números
combinatorios. Ellos entendían que las partes
que componen un todo están relacionadas de
alguna manera. Este todo del que hablamos los

artistas es la obra de arte, un objeto digno de ser contemplado y que produce placer. La solución, mi querido Lord, está en las manos del autor. Él es el único con capacidad para elegir, seleccionar y disponer las partículas que generarán la obra completa, redonda, única y esclarecedora que es la obra de arte.

Para crear... silencio

Mi querido amigo Chandos, da lo mismo hablar de artes plásticas, de literatura o de música, de danza o de teatro, cuando el autor se enfrenta al hecho creativo, debe colocar su ánimo en una posición extrema de silencio y contemplación. Es necesario aplacar la mente con silencio, mucho silencio. Este es el principio. Creo que no hay otra fórmula. Se necesita, además, una herramienta diligente para el boceto, para atrapar el primer impulso, llámese pincel, pluma, compás o metrónomo. Una disposición de cuerpo y una llamada a la propia memoria son activadores del comienzo del plan-proyecto artístico. Como hacen los marineros en la noche cuando atan su rumbo a las estrellas, el artista debe crear un plan que fije las coordenadas del proceso y que le ayude a navegar sobre lo que todavía no conoce. Pronto surgirá una revelación en forma de ensoñación, una suerte de aparición, que, como un dardo, conduzca los primeros pasos. El mundo en rededor da la pauta, la respiración rítmica acelera el flujo creativo y en algún momento se presenta la idea generadora. Tras ella vuelven a aparecer preguntas y respuestas, que dan solución única y genuina y que resuelven el problema, y del que, en el mejor de los casos, afloran nuevas cuestiones, nuevas apariciones, nuevos motivos que alimentan el proceso. Luego no hace falta más que tiempo y mucha destreza, mucha pericia, para completar la obra. Es un viaje placentero que en ocasiones se vuelve áspero y dificultoso y que el verdadero artista debe acabar allanando.

PRECISIONES

Forzar la máquina, mi querido Lord, no hay más remedio. Debemos rebañar las últimas percepciones y las últimas razones para extraer de ellas canto, música y literatura. Así lo hacen y nos enseñan la física, la medicina o la geología cuando tratan de explicar las más diversas situaciones que constituyen el mundo.

Vivimos en un espacio diverso y enormemente variado. Los sentidos nos revelan unas determinadas existencias dentro de una realidad más amplia. En el devenir cotidiano todo lo contemplamos desde una escala próxima, en un rango de medidas muy limitado. En la imaginación diaria los escultores soñamos con objetos cuyos tamaños varían desde el centímetro hasta el decámetro; poco más. Los objetos más pequeños los manejamos con las yemas de los dedos —un tornillo, una moneda, una canica, un anillo— y son percibidos, principalmente, a través del tacto. Los más grandes no rebasan el tamaño de una casa, de un árbol o el comienzo de un camino. Son captados principalmente como elementos de pura visualidad. Lo que el ojo abarca. De la misma manera que la escala o el tamaño de las cosas definen nuestro proceso visual diario, determinados ecos, sonidos y aromas se suman al proceso visual, completándolo.

Permíteme que vuelva al bosque, al lugar donde las cosas mudas, la regadera o el espejo de plata dejaron de hablarte al oído, a ese lugar que transitabas y del que sacabas argumentos inagotables para reflexionar en tus textos. Permíteme que te lo describa desde la mirada del artista visual: cuando nos adentramos en el bosque, percibimos un rumor visual fascinante. El dibujo aparece por doquier. El suelo ofrece un tejido de elementos enormemente diversos: ramas, hojas, líquenes y musgos, pequeños troncos, cortezas y tallos, piedras de distintos tamaños. Todo ello forma un *treillage* intrincado, un laberinto plástico de geometría compleja, un fractal, dirán en el futuro. Cuando levantamos la vista, los ojos perciben las rectas verticales de los troncos, las copas cargadas con ramas en muchas direcciones, líneas curvas y quebradas, ángulos agudos y manchas de color informe. Tras los árboles, podremos intuir una línea que separa en distintos azules las montañas lejanas, el cielo y las nubes. A toda esta complejidad, mi Lord, súmale, además, las distintas luces de las horas del día: la nitidez del verano a mediodía o la borrosidad de la niebla invernal a primeras horas de la mañana, en la que todo se desvanece. Con el crepúsculo el lugar se vuelve silencioso y se disuelve el dibujo de las cosas. El paisaje cobra un cierto misterio y aflora la inevitable nostalgia. Todo esto es tan motivador que la simple descripción, tal cual aparece ante los ojos, le daría al artista plástico para trabajar durante varias vidas. El poeta es un especialista en narrar los asuntos que atañen al alma humana. El bosque para el poeta es la herramienta con la que fabular sobre el tiempo, la historia, las batallas o los amores del ser humano.

CONSTRUCCIÓN

El conjunto de todo lo que existe se revela a través de los distintos lenguajes. Vocablo a vocablo se construyen la vida, el logos, el mundo. Bien lo saben todos aquellos que pieza a pieza construyen organismos complejos. Es el caso de los albañiles, su trabajo dista poco de la labor del poeta o del escultor. Ellos amontonan piedras o ladrillos como nosotros palabras o chapas de acero, y lo hacen con un plan ordinario y preconcebido, cuyo fin generará una obra extraordinaria. El paramento bien cimentado dará lugar a un muro que se sumará a otro en ángulo y a otros más. Organizarán espacios complejos bajo la luz, con capacidad para ser mirados y admirados. Lugares de albergue y cobijo para el hombre, en los que desarrollar su existencia, social e íntima, donde la vida habrá de resplandecer. Ladrillo a ladrillo el albañil fabrica con esmero casas, patios, torres, santuarios, escuelas, estadios, casas y más casas. Desde la lejanía, la línea del horizonte se verá quebrada por las construcciones, y la naturaleza adoptará la categoría de paisaje. Sobre los muros irá pasando el tiempo y las pátinas se posarán sobre sus superficies. Por las fisuras y las grietas enraizarán las especies vegetales. El polvo y la lluvia dibujarán sobre ellos los caprichos de los días y de las estaciones, de los años y de los siglos. El poeta tomará el muro para sí y lo utilizará como metáfora del paso del tiempo, y palabra tras palabra volverá a construir el muro en una realidad de ensoñación que jugará con las brumas del lenguaje y despertará en las mentes lectoras nuevas existencias.

El tiempo es creador y destructor del mundo. Pude contemplar en Atenas la cabeza esculpida en mármol de una Afrodita de una belleza extraordinaria. Su superficie muy finamente pulida asemejaba al marfil. De la frente arrancaban unos cabellos ondulados que enmarcaban el óvalo de la cara. Los labios carnosos estaban dibujados con esmero, y la nariz quebrada, los ojos ligeramente almendrados adquirían la belleza de la proporción clásica. Quiso el escultor incrustar dentro de los ojos pupilas y pestañas de bronce que no han llegado hasta nosotros. Enterrada durante siglos en las proximidades de la Acrópolis hubo de sufrir la humedad de la lluvia de más de dos mil inviernos. El bronce de los ojos oxidado corrió por las mejillas dejando un rastro de lágrimas suavemente verdosas que dotan a la imagen de una melancolía que posiblemente el escultor nunca hubiera pensado. En tu próximo viaje a las fuentes del clasicismo del que bebe tu poesía, podrás contemplarla y disfrutar de su belleza, que será para ti, estoy seguro, nuevo motor de creación literaria.

Tal vez ¿miedo?

Con la ensoñación de un paisaje, de una circunstancia o de un avatar se inicia un camino poético. Es el momento de la toma de decisiones. Provoca vértigo. Quien no tiembla, aunque sea por un instante, antes de comenzar una obra es aquel que va a desarrollar algo que ya conoce: su camino en esta ocasión no es el de la creación. Es el momento del miedo, de la incertidumbre o de la inquietud, es el momento de la angustia; el camino se estrecha, se hace angosto y arranca la toma de decisiones; mucho por decir, pero aún poca concreción. Comienza entonces un titubeo frente al papel en forma de palabra o de dibujo. Todavía algo borroso. El discurso en este momento es muy contenido y dispara líneas en muchas direcciones. Pero todavía el tema principal late algo desenfocado. Y vuelve el miedo que alimenta la tensión. Se produce en el espíritu una visión difusa, algo parecido a cuando miramos el agua del estanque próximo a la orilla y presenta dos realidades yuxtapuestas: la del reflejo del cielo, las nubes o algunas ramas, y la de la trasparencia en la que se hacen presentes los escalones que se hunden bajo la lámina de agua y desaparecen dejando que intuyamos un fondo oscuro y verdoso por el que eventualmente pasa un pez plateado.

Es necesario poner mucha voluntad para que los temores no nos paralicen. Luego, tras determinar bien los bocetos o los guiones, el esqueleto en el que la obra se ha de sustentar, tras de dar muchas vueltas persiguiendo los ajustes y las proporciones de las masas generales que han de construir la obra, el rostro se serena y sobre el ánimo aparece una mueca de alegría. Y es así, querido amigo Philipp, no te estoy contando nada que no conozcas. Lo cierto es que este miedo se presenta siempre y hay que superarlo. De la lectura de tu texto deduzco una parálisis que está generada por un exceso de trabajo y una crisis de temores. Tu bloqueo creativo lo enuncias en tu texto con un exceso de técnica y de arte que delata tu buen hacer. Las palabras que me dedicas en tu carta traslucen humanidad y humanismo, como no puede ser de otra manera en aquellos que se dedican a la creación artística. A través del arte de la palabra, del color, de la forma o de la danza uno se entrega a los demás y se hace otro en ellos. Esta es su grandeza, este es el humanismo al que me refiero constantemente. Tu trabajo nos reconforta, nos crea y nos hace crecer. Es por esto, querido Lord, que insisto: sigue, no pares, tu camino nos abre las puertas a un futuro mejor.

Babel y sus límites

La lengua y los lenguajes intelectivos engloba-
dos en las artes espaciales y temporales construyen al hombre. Construyen el universo. Cada
verso puesto al servicio de una idea trasciende
el universo y lo ensancha. Cualquier cambio es
signo de evolución. Tanto si explota una gran
estrella lejana como si crece la nueva hoja de un
árbol, por pequeña que pueda parecer. Cuando
el artista deja de generar obra y pensamiento se
produce desamparo, no hay firme sobre el que
pisar. El límite de la expresión humana reside en
la ausencia de la palabra; especialmente cuando

esta es voluntaria. Si la palabra cesa, aparece el silencio y una noche simbólica se impone y pesa sobre el hombre, hundiéndole por debajo de la tierra. Las palabras que suscitan las ideas en un poema o en una tragedia o los cuadros de un museo actúan sobre quien las contempla como la levadura en la masa. Hacen de la existencia un lugar leve en el que poder flotar. Actúan como fertilizantes para nuevas aventuras intelectuales y acercan a la solución inalcanzable del enigma de la vida. Tal vez sea este el fin último del hecho estético.

El primer gran silencio, el silencio desconcertante, aquel que dejó perplejas y confundidas a las gentes de Babilonia que estaban construyendo la Torre —cuenta el Génesis— se produjo en un instante, tan solo un brevísimo lapso de tiempo después de que los hombres se percataran de que ya no entendían a sus compañeros, a sus vecinos. Hombres y mujeres partían despavoridos en direcciones divergentes tras caer en la cuenta de que sus oídos no entendían las palabras que antes les resultaban fáciles. Las lenguas no se correspondían, no satisfacían las preguntas. Las palabras no se podían compartir. Sin ellas los hombres no eran nada. Este fue el castigo infligido al pueblo a causa de la soberbia. Esta narración bíblica cuenta el caso límite del lenguaje: las palabras ya no suenan como antes, se han convertido en palabras mudas, cuyos sonidos articulados no dicen nada, son estériles. El logos ha desaparecido.

Afortunadamente, en estos tiempos las palabras sí dicen. Cuentan, narran, advierten, invitan, preguntan... Cada una de ellas es un tesoro en sí mismo que pertenece a un patrimonio infinitamente rico del cual somos depositarios. «El óxido se posó en mi lengua como el sabor de una desaparición»... dirá el poeta Gamoneda en el devenir, en un discurso similar al que propones en tu carta. No dejes que el óxido petrifique tu locuacidad, tu pluma ni tu expresión. Lucha por ello.

Ciertamente en muchas ocasiones se producen silencios elocuentes, narraciones muy depuradas que se presentan ante nosotros y que podrían servirnos como guion para pintar un cuadro. El otro día vi la siguiente escena mientras tomaba un café y releía tu carta una vez más. Se podría titular algo así como un silencio lleno de emoción. Paso a relatártela tal cual pude contemplarla:

«Tres niños estaban sentados, muy juntos en un escalón en plena calle. Iban vestidos de una manera humilde. Un viento fino del norte helaba el espacio. Yo tenía frío. Ellos no parecían sentirlo. Leían de manera muy concentrada un libro apoyado en las piernas del que ocupaba la posición central. Los tres llevaban las cabezas cubiertas con gorros extraños. La lectura les mantenía absortos. Yo pensaba: "Las historias que leen calientan sus mentes, ajenos al espacio exterior". La fascinación y la fantasía latían en sus corazones».

Dos cuadros para una exposición: dos narraciones cortas

Qué mundo más sugerente, querido Lord, querido amigo, qué mundo pleno de voces que nos cantan al oído y nos revelan pequeñas realidades estéticas. Por todas partes y en cualquier momento surgen de una realidad inmensa pequeños *bouquets* que aceleran el ánimo. Son visiones incidentales con las que construir los nuevos cuadros para una exposición, rasgos balbucientes, garabatos que el poeta debe poner en el papel y hacerlos crecer, nuevos, para posibilitar el desarrollo de la obra. Este verano he pasado una temporada en el centro de la península ibérica, lugar de una belleza especial, donde habita el lagarto, los campos son amarillos y los vientos ibéricos mueven suavemente las hojas de la imponente encina. Tuve la oportunidad de vivir el suceso que a continuación te relato, que partía de la quietud placentera y se precipitaba en un agitado tormento. Por la noche apunté el siguiente texto, que bien podría llenar los lienzos de un salón de otoño o haber inspirado las metamorfosis del querido Richard Strauss:

«A la hora silenciosa de las tres de la tarde solo la cigarra canta en el campo entre las gramíneas silvestres agostadas. Las ventanas están abiertas. Es la hora de comer. A lo lejos suenan los cubiertos contra los platos. La mañana ha sido larga y hemos caminado bajo el sol. En la calle, el verano se hace sofocante. Pequeñas señales determinan con certeza presencias ajenas a mi vista. En la casa se está bien. La sombra oscura de los aleros protege y refresca la corriente de aire. Huele a campo, a tierra, a cocina. Una brisa amable mueve un visillo, y la habitación se hace ligeramente dinámica. Un cierto olor, nuevo, débil, a pasto quemado, llega a la sala. Algún insecto vuela en el espacio oscuro. En un momento, a una hora inusual, repica la campana de la iglesia. Se rompe la paz profunda, desaparece la calma. Alarma. En el campo hay fuego. Todos salen aprisa. Hay mucho que hacer».

La sugerencia surge por doquier: sobre la mesa, un plato, y sobre él, tres melocotones. Por la ventana se cuela un rayo de sol que calienta ligeramente la fruta. El aroma invade la sala. El problema para el pintor no es dibujar las frutas levemente esféricas, ni componer con suaves amarillos que degraden sus tonos hacia los lilas y los morados, ni los brillos de la loza blanca. El cuadro debe resplandecer ante el espectador, y el olor dulce de la fruta de verano debe aparecer reflejado en el lienzo.

El poder sugestivo del color en la pintura, la seducción que puedan ofrecer las palabras, mi querido amigo, no son dominio que todos posean. Son, sin duda, un don que se percibe durante la contemplación o la lectura de las grandes obras. Todavía eres muy joven. No tienes la suficiente distancia para ver claro que las imágenes, las reflexiones o las razones que deslizas en tus relatos tienen el poder de hacernos resonar y ver más allá de tus palabras. Tienes la capacidad de activar capas de la memoria del lector con las que el texto queda enriquecido. Estas sensaciones las percibo en ocasiones cuando leo tu prosa.

Como sabes, mi dedicación a la enseñanza, a la transmisión del saber, a la *paideia,* me sigue resultando muy reconfortante. Paso horas muy gratas entre los estudiantes. Les hablo de geometría, arte y poesía. En ocasiones, leo textos para explicar determinadas ideas y gozo profundamente con las miradas inteligentes y deseantes de conocimiento. Siempre quieren saber más. Las mañanas y los días se van sucediendo entre los jóvenes, y siempre se producen situaciones interesantes de las que extraer conocimiento y valores.

Te brindo otro texto-cuadro para esta exposición improvisada que surgió hace unos días y que se podría desarrollar al óleo, sobre partitura o mármol:

«El panadero Carlos subía en su motocarro todos los días a media mañana, sobre la misma hora. Todos sabíamos que venía el panadero Carlos alertados por el ruido estruendoso del motor de su viejo vehículo. Cada día la misma acción, todos los días el mismo teatrillo bajo el sol implacable del verano. Colocaba muchas hogazas de pan caliente, recién hecho, en el remolque en una gran tabla de madera sobre una capa irregular de harina, directamente al sol. Paraba en las puertas de las casas y las mujeres bajaban con unas monedas a por el pan diario. El vehículo de Carlos, además de un ruido ensordecedor, producía un humo azulado de gasolina y aceite que se mezclaba con el olor del pan y abría el apetito. Hoy, muchos años después, en la escuela, mientras los estudiantes trabajaban en silencio con las ventanas abiertas, yo paseaba entre ellos con la mente relajada. En el patio un jardinero soplaba las hojas con su pequeño motor de mochila. En las cocinas preparaban pan y los almuerzos. El mismo olor a gasolina y pan caliente en este otoño húmedo me ha traído a la mente aquel grato olor de la infancia».

El orden de las cosas y Beethoven

Tras el trabajo de creación artística aparece la obra completa, finalizada según el plan previo que se había trazado; si ha sido desarrollada con el debido silencio y la intensidad necesaria y si, además, se ha aplicado la técnica de manera escrupulosa, la obra será con seguridad bella. Habremos producido una obra cerrada que brillará muda para el placer ante el lector si se trata de un poema, o una carta como esta tuya. El otro día, un amigo se cuestionaba la razón última del arte, y lo hacía frente a una escultura maravillosa, una pieza salida de manos que trabajan de manera concienzuda, con sabiduría y experiencia. Se trataba de una figura masculina semidesnuda que danzaba girando sobre sí, y en la que una gran falda volaba centrífuga haciendo de él el eje principal de la pieza. Una pieza recién salida de las manos del artista. Una pieza intemporal, absoluta. Yo no podía entender la duda de mi amigo ni la pregunta que me planteaba frente a esta obra de arte. Hay cosas que no se pueden explicar y que emanan de la propia obra, tal vez el «aura» al que se refería Walter Benjamin. En un intento de poner palabras a mi justificación, le hablé de cómo la luz revelaba cada uno de los movimientos de una anatomía perfectamente organizada; de cómo cada uno de los detalles de aquella pieza contenía en sí forma y proporción. La pieza completa se revestía de una categoría especial que surtía como la fuente a la que te refieres en tu texto, fuente y manantial que desborda y que cualquier persona puede entender. Hablamos durante un rato largo de escultura y arqueología, de las piezas contenidas en los museos que, en ocasiones, se encuentran fracturadas o incompletas, del *kuros* estático o de las dinámicas ménades que guarda el Museo del Prado. La belleza de estas esculturas es intemporal. A pesar de que sus superficies estén desgastadas por el tiempo, esto no les hace perder la frescura y la belleza latente que contienen. Acabé por ponerle el ejemplo irrefutable de la *Novena sinfonía* de Beethoven y acabé refiriéndome a la belleza total, a la más sublime obra, a la mejor pieza salida de la mano del hombre, a la obra de arte completa. Esta sinfonía es una música que celebra la vida y la alegría. Sus primeros movimientos están llenos de ritmos y melodías que se repiten de diversas maneras, se cabalgan formando un cuerpo sólido en la mente de quien las escucha. Las obras de arte se pueden contemplar de muchas maneras diferentes.

Así me ocurrió hace unas semanas tras escuchar una vez más la delicada y poderosa versión de Barenboim. En esta ocasión entendí cómo Beethoven había elaborado un gran cuerpo sinfónico, para poner en el máximo valor un instante, un brevísimo instante de gloria artística: las primeras notas que canta la voz del barítono. Los tres primeros movimientos y parte del cuarto no son sino el gran pedestal, el marco perfecto que otorga una fuerza expresiva enorme a la voz del barítono, que arranca con un fortísimo cantando a plena voz aquellas palabras que, dichas en alemán, suenan tan bonitas:

O Freunde, nicht diese Töne!
Sondern laßt uns angenehmere
Anstimmen und freudenvollere.
Freude! Freude!
Freude, schöner Götterfunken...

Y que traducidas al español vienen a decir:

¡Oh, amigos, no en estos tonos!
Permitámonos cantos
más agradables y llenos de alegría.
¡Alegría! ¡Alegría!

Y el coro responde:

¡Alegría! ¡Alegría!

Y el barítono continúa:

Alegría, hermosa chispa divina...

Tal vez sea la alegría que proclama Beethoven el fin último que ha de perseguir la obra de arte. Cuando vemos obras de máximo valor, aparece la alegría, necesariamente, así ocurre con las vidrieras de la catedral de Chartres, con el rayo de luz que penetra en el Panteón de Roma, con la *Victoria de Samotracia* en la escalinata del Louvre, cuando paseamos por Villa Adriana en octubre bajo una suave lluvia, o entramos en la iglesia del Gesù de Vignola, cuando recorremos casi hipnotizados los pasillos del Museo de Capodimonte, llamados por el lienzo *La flagelación de Cristo* de Caravaggio, nos sentimos invadidos por una sensación poderosa, inconfundible y universal.

El desvelar lo velado

Mi querido Lord, he comenzado la carta titubeando y ya me ves, metido en un mar de razones estéticas y de justificaciones claras que tú bien conoces y que dan vueltas en torno al arte, a la creación, a la belleza y al flujo de la vida. Somos privilegiados los que tenemos la fortuna de leer tus textos, de entender la belleza que nos rodea y de poder expresarla por medio de las artes plásticas, de la literatura o de la arquitectura. Las cosas movidas por la mano del artista se hacen sustancia, aparecen y se muestran a los demás para el gozo sensual y para el placer intelectual. Cuántas veces nos hemos referido a la obra de arte como motor de pensamiento. Cuántas veces en la soledad de un museo hemos crecido de dentro a fuera impulsados por las obras contempladas. Debemos observar largamente para poder extraer las sustancias contenidas, que son muchas más de las que, en una primera impresión, pudiéramos comprender. Ante un cuadro, pongo por caso un mito griego, si nos damos unos instantes para mirar, gozaremos de manera liviana. Si dilatamos el tiempo de la contemplación, comenzaremos a desvelar secretos guardados en el cuadro, pero, si nos damos más tiempo aún, el cuadro nos hablará al oído desde su representación literaria, desde los acontecimientos que allí se narran, hasta las esencias puramente pictóricas como son el color, las proporciones, las masas, los ejes, los ritmos. Es entonces cuando el cuadro se nos revelará en toda su potencia y se producirá un salto espaciotemporal, un auténtico diálogo entre el observador y el pintor de aquella tela.

LAS COSAS MUDAS

Dices que las cosas mudas ya no te hablan, dices que frente a cualquier elemento que se posaba ante tu contemplación se generaba un sinfín de palabras y conceptos que te hacían vibrar al unísono con ellas. Esto ocurre muy a menudo a personas de gran sensibilidad, y se ha venido a llamar la imposibilidad del lenguaje, la dificultad para extraer nuevas ideas escondidas en las cosas. Este es el gran misterio de la creación. Cuando hemos llegado a agotar la semántica de un objeto es cuando el misterio impera en nuestra mente y es, en ese momento exacto, cuando hemos de comenzar la obra. Las imágenes religiosas así lo expresan: cuando ya las palabras no pueden explicar los acontecimientos, surgen las tallas o las esculturas para abrir el conflicto y explicar la existencia de otra manera. Es cuando las cosas mudas se hacen inefables y vibra en ellas un aura hermética. El artista ha de bucear por debajo de ellas y encontrar nuevas sustancias, esencias inmutables que aportarán nuevos significados, nuevos latidos de expresión. Recuerdo la locución que nos enseñaba el poeta cuando, ahondando en este sentido, nos hablaba de la negrura del basalto dentro del basalto. Si la roca no te habla, rómpela por la mitad, haz dos trozos de ella y aparecerá su interior a la luz y ante tus ojos se revelará el brillo cristalino o la opacidad oscura que te abrirá nuevos horizontes, nuevas ideas, una línea de pensamiento para la creación.

A través de la imaginación, el artista desarrolla una poética con la que crear mundos inéditos.

Imaginar no consiste en crear imágenes, sino más bien trasformar la realidad, aportar otras maneras de ver y sentir. Los pensamientos y las obras dadas a los demás hacen renacer el mundo. El artista tiene una responsabilidad ética para transformar su entorno, para hacerlo mejor, más habitable y feliz.

Las cosas y las palabras no existen hasta que las sentimos o las hacemos aparecer en el pensamiento racional. Son pensadas o son sentidas. Todas ellas forman el sustrato de lo que somos. Un vago eco se posa sobre el mundo, late sobre los elementos con significados segundos. Es el reflejo de las cosas, que a su vez se vuelve sobre sí y enriquece la existencia. Aparecen señales por doquier. El artista y el filósofo están atentos y con su trabajo nos traen nuevos modos de sentir. No inventan, saben leer y actúan de traductores, de facilitadores, de intérpretes de la realidad que tienen delante y saben detectar.

Esta es su responsabilidad. Querido Philipp, tú eres un gran artista, tu pluma nos ha puesto en el pensamiento razones que nunca hubiéramos sido capaces de imaginar. Nos has desvelado una realidad, esa tuya, y la hemos hecho nuestra. Cuando nuestro mundo atraviesa el tuyo, nuestra realidad se vuelve más ancha, más rica.

«¡Terrible es este arte! Hilo de mi cuerpo el hilo, y este hilo es también mi camino en el aire». Decía nuestro común amigo Hugo, aquel que nos presentó y que ha sido artífice, artista y artesano de nuestra relación.

Claro que es terrible este arte, claro que es complejo y profundo. Este arte a veces duele, pero es el hilo que debemos seguir, hilo que se impregna de aire, que respira aire y se deja mecer suavemente por él. No olvides nunca que este arte también es hermoso, él nos hace vivir y planta nuestros pies firmemente en la tierra, nos hace respirar con profundidad y nos eleva por encima de las cosas. El arte, la filosofía y la religión son los recintos de trascendencia, donde el sentido de la vida cobra gravedad, profundidad, hondura.

Y LAS COSAS QUE HABLAN

El verano pasado en la isla de Rodas apuraba una copa de vino a la hora naranja del atardecer frente a las costas de Turquía. Una cierta calima y el aroma del mar, voces lejanas y algún perfume en el aire. Ese era mi paisaje. Apunté palabras que salían como un manantial inagotable directamente de la copa. Podrían ser notas para un largo poema. Te las transcribo tal y como fueron surgiendo y te las ofrezco así, crudas, de la misma manera que tú me hablabas en tu carta de la estremecedora historia del pez de Craso y sus lágrimas:

«Vino, uva, cosecha, fermento, transparencia, luz, cepa, raíz, sol, brillo, opaco, boca, Baco, envejecer, silencio, solera, licor, exprimir, guardar, oscuridad, alumbrar, septiembre, cosecha, cesta, jugos, mosto, brotes, leñoso, azúcar, madera, nudoso, manantial, botella, liquidez, líquido, el don de la ebriedad, nubes, lluvia, sequía, tierra, negro, blanco, árido, Iberia, viento, brisa, germinar al sol, cal, calor, calcinar».

Extraño y sensual poema que canta con un latido líquido y rojo, y que hemos sentido muchas veces; estas palabras son el detonante que nos revela, desde lo más profundo de la memoria, otros lugares y otros tiempos que pudieron ser felices como este que nos toca hoy vivir. Esta concatenación de palabras es otro hilo y conforma una de las muchas capas que cubren las cosas, que se posan sobre las copas de vino, que enamoran con su transparencia y que nos evocan la aridez que en algún momento hemos sentido. Te las ofrezco de corazón para que las tomes como quien comparte una copa de vino con un amigo.

Con cariño y respeto
JUAN RAMÓN

Índice

Preludio: un largo hilo 11

Una carta 17

Mi querido y admirado Lord Chandos (Un texto estético) 49